吹鼓吹詩人叢書／15

詩藥方

蘇善 著

【總序】
台灣詩學吹鼓吹詩人叢書出版緣起

蘇紹連

　　「台灣詩學季刊雜誌社」創辦於1992年12月6日，這是台灣詩壇上一個歷史性的日子，這個日子開啟了台灣詩學時代的來臨。《台灣詩學季刊》在前後任社長向明和李瑞騰的帶領下，經歷了兩位主編白靈、蕭蕭，至2002年改版為《台灣詩學學刊》，由鄭慧如主編，以學術論文為主，附刊詩作。2003年6月11日設立「吹鼓吹詩論壇」網站，從此，一個大型的詩論壇終於在台灣誕生了。 2005年9月增加《台灣詩學‧吹鼓吹詩論壇》刊物，由蘇紹連主編。《台灣詩學》以雙刊物形態創詩壇之舉，同時出版學術面的評論詩學，及以詩創作為主的刊物。

　　「吹鼓吹詩論壇」網站定位為新世代新勢力的網路詩社群，並以「詩腸鼓吹，吹響詩號，鼓動詩潮」十二字為論壇主旨，典出自於唐朝‧馮贄《雲仙雜記‧二、俗耳針砭，詩腸鼓吹》：「戴顒春日攜雙柑斗酒，人問何之，曰：『往聽黃鸝聲，此俗耳針砭，詩腸鼓吹，汝知之乎？』」因黃鸝之聲悅耳動聽，可以發人清思，激發詩興，詩興的激發必須砭去俗思，代以雅興。論壇

的名稱「吹鼓吹」三字響亮，而且論壇主旨旗幟鮮明，立即驚動了網路詩界。

「吹鼓吹詩論壇」網站在台灣網路執詩界牛耳是不爭的事實，詩的創作者或讀者們競相加入論壇為會員，除於論壇發表詩作、賞評回覆外，更有擔任版主者參與論壇版務的工作，一起推動論壇的輪子，繼續邁向更為寬廣的網路詩創作及交流場域。在這之中，有許多潛質優異的詩人逐漸浮現出來，他們的詩作散發耀眼的光芒，深受詩壇前輩們的矚目，諸如：鯨向海、楊佳嫻、林德俊、陳思嫻、李長青、羅浩原等人，都曾是「吹鼓吹詩論壇」的版主，他們現今已是能獨當一面的新世代頂尖詩人。

「吹鼓吹詩論壇」網站除了提供像是詩壇的「星光大道」或「超級偶像」發表平台，讓許多新人展現詩藝外，還把優秀詩作集結為「年度論壇詩選」於平面媒體刊登，以此留下珍貴的網路詩歷史資料。2009年起，更進一步訂立「台灣詩學吹鼓吹詩人叢書」方案，鼓勵在「吹鼓吹詩論壇」創作優異的詩人，出版其個人詩集，期與「台灣詩學」的宗旨「挖深織廣，詩學台灣經驗；剖情析采，論說現代詩學」站在同一高度，留下創作的成果。此一方案幸得「秀威資訊科技有限公司」應允，而得以實現。今後，「台灣詩學季刊雜誌社」將戮力於此項方案的進行，每半年甄選一至三位台灣最優秀的新世代詩人出版詩集，以細水長流的方式，三年、五年，甚至十年之後，這套「詩人叢書」累計無數本詩集，將是台灣詩壇在二十一世紀中一套堅強而整齊的詩人叢書，也將見證台灣詩史上這段期間新世代詩人的成長及詩風的建立。

　　若此，我們的詩壇必然能夠再創現代詩的盛唐時代！讓我們殷切期待吧。

2011年7月修訂

【童友序】

童心背後的風景

林世仁（兒童文學作家）

　　我是先認識蘇善的童詩、童話，才認識她的人。然後，我才知道她也寫成人詩，才「後知後覺」地訝異她「這麼快」就要出新詩集了。

　　同為童詩創作者，我所好奇的是：蘇善在這一本成人詩集裡，會展演出多少和童詩重疊的「腹語術」？又或者，根本拋開童言童語，展現出另一種全然不同的面貌？就我初讀一遍的粗淺印象是：蘇善這些成人詩，在血肉上與童詩全無干涉，骨架裡則仍然偶見遺踪。

　　撇開內容，純以文字風格來說，我對蘇善的童詩有兩個印象：一是「喜歡在韻腳和節奏之間打水漂」，二是偶爾會緊縮字句，出現「白話的文言句法」。翻讀這本詩集，前者猶存，後者則變本加厲，堂皇現身。在流利的白話文中，蘇善似乎也喜歡玩文字實驗，時不時就把白話字句之間的水分瀝乾、抽盡，讓它們緊黏相擠，擠出一種「類古詩」的文言文節奏。這種節奏在童詩中也許束縛甚多，在成人詩中，就百無禁忌，全供詩人驅使了（在輯中的台語詩部份，配上音聲的轉換，也許更顯合宜）。可

以說，這本詩集對讀慣蘇善童詩的人而言，音聲、相貌偶如舊時相識，但骨架、談吐，則全然已是不同風景。

雖說童詩的鮮活想像，在這本詩集裡，也偶然隱身成機靈的述說角度（如〈藏東西〉），但蘇善顯然很清楚童詩和成人詩之間的巨大差異。除去文字印記，在內容上，她展現出來的，是另一個全然不同的自我。無論是生活點滴上的「詩調理」、成長過程中的「詩記錄」、時事新聞的「詩評點」、人生境遇的「詩感懷」……皆映射著成人的生活經驗，顯得更複雜、更成熟，也更斑駁了。

每一個人的心中都住著一個小孩和一個老人，兩者觀看世界的角度不同，呈現出來的面貌自然也有差異。蘇善有幸，既寫童詩，又寫新詩。在童詩中無能負載的，都在這本詩集中盡興展演；在童詩中少見的批判、評述，在集中也大量湧現。而面對遠較童心更為龐雜、現實的世界，詩人勢必要釋放出更強大的能量。蘇善以詩來記錄、詮釋自我與世界，因此也較創作童詩時更百無禁忌，面對現實的力道也更直接而顯明。

人心如宇宙，童心的光照雖然光潤，終只及於一隅，之外，就是浩瀚無垠的無明之地。詩人於此，乞靈於童心之外，含咀世事，情理交感，掀波起浪，遂不得不百感俱來，「百病叢生」。詩人自嘲自諷，以詩自寫藥方，自療經年，成此詩集一冊，可謂得來不易。在這些詩中，我喜歡〈死亡之舞〉、〈Where You Come From〉、〈趴在琦君窗外〉、〈失眠〉、〈垃圾男〉、〈上課〉、〈老人國〉等，它們或哲思或抒情，或兩者合一。

　　做為蘇善的「童友」，我很高興，也很欣羨她在童詩之外，還耕耘出這麼多有意思的新詩。讀者若能併觀蘇善的童詩，想必更能見著詩人的完整面貌。最後，仿集中開場詩云：「我所看見的／詩／透出詩集／僅十分之一」，相信那餘下的，尚有許多在詩人的眼前心上，猶待時間點化成其他詩句，再煉成金丸與新帖。

殊善的蘇善詩

林哲璋（兒童文學作家）

我與蘇善結緣在台北的會議上，出席身分是兒童文學作者，後來十分榮幸的與其作品同被收錄在世仁老師主編的《樹先生跑哪去了・童詩精選集》。

這本童詩集，我最喜歡蘇善的這首〈跳格子路〉：

兩隻蝴蝶

搶著要跟風跳舞

我的身邊

只有長長的一條紅磚路

媽媽跟我有約

在遠遠那邊的一棵大樹

我慢慢走

把路上的格子一個一個數

到了盡頭

我回過頭

還是長長的一條紅磚路

媽媽還沒來
不如我來玩玩跳格子
蝴蝶們瞧見了
都圍過來欣賞我的新舞步

於是風和蝴蝶和我
一起跳格子路
乖乖等待媽媽的
只有遠遠那邊的大樹

　　這詩彷若有《世說新語》王徽之「乘興而行，興盡而返」的
豁達，也近似於〈誰該和誰約會——一個人喝下午茶的時候〉中
林煥彰老師寫道：「你來或不來，都無所謂／時間依舊會來／依
舊會和我坐在同一邊／一起品茗，一起聊天」的釋懷。只是，詩
文中的表演者，小女孩更俏麗於大叔！

　　面對兒童文學，成人的文學若稱作「成人文學」，難免有
些曖昧，故我習慣稱之為大人文學。而「大人者，不失其赤子之
心」應是這本蘇善詩集最佳的註解。從詩集的章節就透出經典
的遊戲性——詩如藥方，聞問望切診人生，通解緩清舒胸臆，
妙哉！

　　兒文有所謂「零至九十九歲」適讀的作品，蘇善則是「零至九十九歲」適讀的作家——作品多樣，內容多元，技巧多變。我因兒文認識蘇善，拜讀完這詩集，方知其〈映〉詩不假：「你看見我的／美麗／透出臉龐／僅十分之一／／餘的／我放在心裡／等一面／鏡」

　　此書是一面「絕妙好鏡」！

思忖這帖詩藥方的服用方法

謝鴻文（兒童文學作家）

　　兔年農曆年間去廟裡祈福，玩心起，順道求了籤，其實無事所求，但幸運抽中一支吉籤，籤詩云：

　　事業功勳暮與朝　　榮華物態不勝饒
　　報君記取金雞叫　　禎祿聲名價自超

　　回家後持續回味這籤詩，我隱約能解這籤詩有勸人安然營謀，則財利名揚之意，拿安然營謀惕勵自己是必要的，至於財利名揚就隨緣了。然後我讀蘇善的新詩集，一首一首，隨意挑著讀，捨〈祈福〉而讓〈藏東西〉首先映入我眼簾，因為我本嗜藏之人，我一直在藏書，藏奧黛麗赫本、詹姆斯狄恩的照片、剪報，藏鳳飛飛、張國榮的CD，過去還藏過火柴盒、創刊號雜誌、書籤、酷卡、戲票……等物，因此很快能領會這首詩傳遞的心情；但詩末筆鋒一轉寫道：「我藏了好多東西／我真的藏了好多東西／／直到／不知道從哪一天起／我也藏了自己」，任何一個創作者在日常生活中都是普通人，凡人都難免有不願示人的一

面；但那幽微私密的心緒，一旦變身成為創作者時，往往會在文字底無所遁藏。

我和蘇善相識倏忽五年有餘，這期間其實我們不常碰面，電話、信件往返交流對談的也多半是兒童文學，但我們心智與心志相似，對創作的理念亦頗多雷同。

我知道蘇善也是對財利名揚這事很隨緣看淡的人，我們唯獨生活模式彼此觸探不深，了解不多，但從〈詩生活〉，我看到了一個生活很簡單的蘇善，一日唯有「思」、「睡」、「想」、「醒」這四個刻度，基本上我也類似，但相較於蘇善其餘的時間都沉浸在詩生活，我則是耽美，喜歡在劇場、博物館、美術館流連，還有更多時候是在遊山玩水，與天光雲影共徘徊，而且不一定非寫詩不可。由此我可以體會，詩在蘇善生命中的重要性。關於這首詩本身，也得提一下，「睡」字排在「刻」字底下，我是讀第二遍才發現的，「刻睡」不等同於「瞌睡」，「刻」還有一絲絲進行中、未完成雕刻之涵義，換言之，蘇善彷彿在告訴我們，她連睡覺（不管是睡覺前、睡眠中）仍想著創作呢！

蘇善潛意識形成的自我要求，讓她的創作多了點規律，已接近公務員。但若因此覺得她的創作會因量產而變得制式、重複，那又小看她了。《詩藥方》這本詩集裡，光就形式來說，〈勵志小詩兩首〉仿近體五言絕句，〈聖戰PSP-2009〉大玩藏頭詩，〈詩生活〉以圖像詩呈現，〈姑娘的清明〉拈得幾分宋詞的詞體，〈三字經〉則猶如以《三字經》的形式嘲諷時事，〈祈福〉中每一句「和尚來了」之後有一「（合掌）」，動作加註，令詩

有了戲劇性。還有帖五、六、七俱是台語詩,合為一峽足可證此詩集不拘於一體,沒有形式貧乏的問題。

再就主題而論,那更是豐富多樣了。相較於寫童詩的蘇善,因為要合乎兒童接受心理,有些題材就絕對不可能產生,比方〈聖戰PSP-2009〉這樣大剌剌將電玩遊戲與真實戰爭聯結,又延伸想像到兩性的權力爭戰,類似「集體勃起槍桿與歷史造愛/有炮火射精,竄出天使的腦袋」,這樣的句子就絕對不容許在童詩中出現。

〈達爾文之火〉勾勒生物演化過程中的情慾曖昧,也是兒童不宜。還有像〈Vending Machine〉以英國人發明「性愛機器美女」砸1450萬元取名蘇西軟體上市的新聞作文章,揶揄此「性愛機器美女」是「十年春宵加長版以及百歲好合模式必須付費下載」,以及「計次模式能飄出一縷曝夜的狐騷可供晨間衝脈」,我看了不禁莞爾一笑,尾聲一句「販盜愛」,更是劇力萬鈞的嘲弄,甚至帶著悲哀的迴音。

過去上個世紀女詩人常被定位(也是誤解)為溫柔、閨秀,擅長小我情愛、家庭生活的書寫,如同〈新犁〉當中這類綺麗文句:「翠碧迤邐天涯,獨缺新婦溫柔/樓閣拋滿寂寞,燈油長夜不漚」。然而透過前述幾首「異色詩」,可以看見新一代女詩人對身體的關注敏感,使我見識了蘇善思維恣肆大膽的另一面,也為她的自由坦率讚賞。

《詩藥方》一書中,還收錄諸多引社會新聞時事入詩,熬煮出詩人的悲憫、憤慨、戲謔等心思,這些新聞題材若要用童詩

表現，文字處理也是要頗費心，抑或棄而不用，可是用成人現代詩去寫作就不用避諱了，其中也有幾首我甚喜歡，例如〈Penal System〉，詩題可以直譯為「刑罰制度」，但這首詩可不是要直接討論什麼刑罰律法，反而從另一個角度省思2010年1月21日這天的新聞，想凶嫌如此令人髮指的行徑，最後卻又逃過法律制裁，詩人為此發出最深沉的感嘆：「罰愛／狠不懲／只一識／提早結束的青春／恨／十三經裡翻不到／什麼綱常來註疏文明」，這首詩與其說是在抗議警方搜證不力，法律沒保護到小孩，不如說，這也是蘇善作為一個母親在憐恤失去孩子的母親，更是慟悼一個來不及長大的孩子，讀之使我泫然欲泣。

身為一個童書創作者，我們都關愛人間所有的孩子，認真想以文學的真善美來守護兒童的心靈。讀這本詩集不免也注意到，像〈移動的城堡〉、〈第三把鑰匙的故事〉、〈扮小鬼〉、〈藏東西〉等詩都有幾分童詩的情趣，對蘇善而言，她能輕鬆出入成人現代詩與童詩，沒有角色轉換的紊亂或不諧調，這是經驗磨練成的。

前面說過我讀這本詩集先從〈藏東西〉開始任選，第二遍才從頭至尾讀，這篇文章的最後，佛經裡的「佛種無盡藏三昧」，蘇東坡〈赤壁賦〉中「惟江上之清風與山間之明月，耳得之而為聲，目遇之而成色，是造物者之無盡藏也。」等文句浮現我的腦海，這本詩集會成為我的藏書是無疑問的，但我更想思索「詩種無盡藏三昧」，我們耳得之、目遇之能解多少義？還有在氣血盛、氣血衰、氣血熱、氣血寒、氣血微、氣血平等不同狀態時

讀，又會是何種感知呢？詩這帖藥方，能不能癒體之傷疾我不敢擔保，可是潤靈魂之華，如《素問》指出：「夫心者，五藏之專精也——華色者，其容也。」這點我就可以拍胸脯保證了！

目　錄

【帖一】通血脈　十八首

【帖二】解憂鬱　十七首

【帖四】清淤積　二十二首

【帖五】有疾則治　十首

【帖六】無病固體　八首

【帖七】副作用　十二首

【帖一】
通血脈

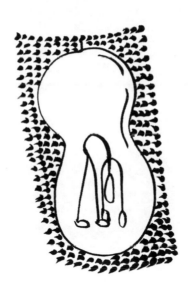

映

你看見我的
美麗
透出臉龐
僅十分之一

餘的
我放在心裡
等一面
鏡

（《吹鼓吹詩論壇・詩與音樂》，2004年7月。）

案頭書

案頭理該堆一疊書
值得你出生入死
乃至掀開皮肉
仍耽溺舔著
那痛楚

任人描述你的種種
在乎和罔顧

然而闔書之後
你十分清楚
某些角落依舊蛛絲密佈
嗜讀遂如嗜毒

（《吹鼓吹詩論壇・隱密的靈魂》，2005年9月。）

夢遊

往左邊的村子去
仍將遇見那人倚門
深邃的眸

我從蜿蜒來
披夜掛露僅為了
怦怦駐足
在這個三岔口思索
前路如何
而右邊下坡
靜森森通往夢的出口
在那兒，我總是跌落
一條淚淌的河

所以此番我決定打個招呼再走
否則幾度重遊為何

（《吹鼓吹詩論壇・新詩應用大補帖》，2006年10月。）

勵志小詩兩首

之一、拾級

仰首雲舞飛
澄藍笑顏媚
探天階梯慢
緩步心神醉

之二、入定

左耳放雷行
右耳洩雨琴
閉眼懸眉心
浮水一隻黽

（《吹鼓吹詩論壇九號》，2009年9月。）

Diaspora

異地的水怎麼也
流不出奶蜜
只有過量氯和一些化學劑
以及更多科技分子和其他什麼的
企圖消毒

然我童年裡賴著不歇嘴的
小河淌淌中
泥鰍裹著土漿
張口呼吸

尋貝

洋流匯聚
乃往北隅
迷失於海霧也不足惜
珍珠只是一種美麗的藉口
我最想遇見自己
甚且變成一隻虎鯨
切斷集體洄游
那樣的不明所以

把娘的口音壓在箱底
流浪的時候
啞口是勇氣的證明
別去描繪太多家鄉風雨
夜襲
只准給夢裡的淚滴

路邊布袋戲

牽著孩子途經市廛風景
小貨車挨在巷弄搭演著父親的布袋戲
幕後隻手高舉英雄威風凜凜
麥克風噴出叱吒風雲
幕落之後，僅剩
路邊修溝的工人敲敲打打
喧囂一片武林

牽起孩子的手，我轉入童年祕境
大戲臺熱鬧了廟口的酬神期
臺前萬頭詰語
豺狼殘害賢良
千夫指施展浩然正氣
燈熄之後，還有
凳上跳腳的黃髦蹬蹬踏踏
踩響一路青春

Where You Come From

如果你問
打哪兒來
我會說是辛苦的娘懷胎
而在那之前
我在天堂等待
一種小小的愛被融合製造
甚且培養在我的血液裡
繼續滋養後代

如果你問
從哪兒來
我會說有美麗的島踞於海
而在那之前
我在混沌等待
一種大大的愛必須被融合製造
甚且培養在島民的血液裡
繼續滋養後代

死亡之舞

噓，別哭啊
把血肉還給他們
心就不痛了
十個月拉拔
他們終究捏不成
一個愛娃
你的美麗啊，水做的
淚花這麼灑
這麼灑上一百個小時
或許蓄座天鵝湖
畫成一幅童話
可那土啊
是乾涸還是臭腐啦
沒響半聲滴答

來，跳舞吧
用雙手拉起眾生
演出一場死亡的嘉年華

你的左邊是國王
他曾經騎馬攻下無數城池
這會兒剩下一具枯骨
像你的那樣
你的右邊是個漂亮的小伙子
他吃什麼填肚子不重要了
這會兒儘管還留著一掛腥羶
也像你的那樣

白骨，成群啊
應該挑支適合狂歡的曲子
跳上一段
面具省了
華服扯下
沒有血肉的軀體不談尊嚴
可那骷髏的長相
原來也有醜的
那骷髏的舞蹈
原來也有悲傷的

移動的城堡

孩子，讓我來告訴你
以前這邊有一座山
山教我們唱歌
山教我們打獵
山會說故事
山會陪我們玩

孩子，我還要告訴你
以前那邊有一條河
魚蝦不多但足夠養活整個部落
因為我們需求只有些許
因為我們更喜歡跳進水裡
學魚游泳

孩子，你要記得
山光水色描繪我們的生命
我們靠山靠水

我們靠雙手搭建一個家和天空
祖先住下，我們住下
秋冬春夏
雨露風霜
四時展演驚喜
我們把幸福在心中烙印

孩子啊，我很想為你保留樂園一隅
可那片山水屬於天地
我們只是借住的旅者
一宿或兩宿
然後繼續探險行程

孩子啊，若你沒能重回那片山水懷抱
別難過
你要牢記
家在心中
有你
家是移動的城堡
哪裡都可以

趴在琦君窗外

喜歡趴在琦君窗外的那個農家小女孩
一早又去休耕的田裡割豬菜
她不怕太陽曬
只要日曆越來越薄只要小豬越來越壯

她偷偷摸摸趁著抹汗的空檔
捏起小心留下的乾淨的兩根手指兒
揣出懷裡藏的小書聞著黃紙和油墨香
想著想著便露出白齒跟天光一般亮
想著想著便盪開清脆的笑聲如鈴鐺

等幹完了這活兒等幹完了那活兒等幹完了全部的活兒
我就要躲進房一個大字兒一個大字兒地啃上一整晚

她總是如此想著如此想著

Raison d' État

假設不存在
乃得延續命脈
毋須正名
乃得以天地為親
只要一具水車
懂得轉動的藝術
引水
接引歷史的命運
十方灌溉
耕耘沒有瀝澇的未來

You Are Not Alone
——to Michael Jackson

你以為非黑即白
於是戴上墨鏡
觀看世界
卻讓人瞧見你的笑靨蒼白

不為別的
你說永遠
要當一個快樂的小孩
然而鏡子裡那個
主體怎麼
總不明白

Storyteller

你的喜怒哀樂在我唇間奔波
他的愛恨情仇在我舌上漩渦
或吟或唱或鼓或板
挑的是肉裡刺
拔的是眼中釘
能閃的便閃過
畢竟這世間疙疙瘩瘩真是多

一場謔浪終了
其實我什麼也沒說
其實你什麼也沒能呼喝
你的喜怒哀樂繼續在我唇間奔波
他的愛恨情仇繼續在我舌上漩渦
然後全成歷史了吧（如果它可以這樣說）
某年某月某日某時某刻
只是一堆瓜子殼和滿地的
唾沫

Amateur

如君所見
吾乃差勁的畫者
欲塗日氣翻塵波
竟似打攪一缸墨

山和海和傳唱土地
頌歌的樹河
風和雲和嬉鬧宇宙
流光的花朵
在吾心中亦各有正色
不偷畢卡索
不偷向日葵
不偷印象的顏料盒

然而我的彩繪仍舊不脫
光嬉影
今追昔

紅黃藍之少與多
黑或白之濁與清

想像和筆觸之間的拉鋸
方圓與輪廓
大小和遠近
也許基調化為淡暮
也許動態設定一個小童吹牧歌
也許背景鋪成祥和靜謐

如君所見
吾乃夢想的業餘者
欲描一個國度稱烏托

複誦青春

人之出
性本謅
我只是借了幾根玉米試試
火烤土塊之後的硬度能不能
耐住牛和犁的重量
我也只是摸摸那一串串綠亮亮的葡萄
偶爾
擠出了水炸彈

窗前無月光
低頭吃便當
我只是喜歡看老師的臉發燙
拉著火雞脖子
學大象吼了一聲：
不乖的孩子面壁站！

而我不達的馬蹄啊
肯定是個美麗的錯誤
沒有沙漠之蠍
沒有岩壁之花
我只是手捧秘笈
模擬九重神拳

偶爾
口唸符籙
驅走青春之魔
保佑人畜平安

（《吹鼓吹詩論壇十一號》，2010年9月。）

亂彈

就是沒譜
只管順嘴兒吐
喝奶的溢酸，飲茶的說苦
萬里行踏的愛管牛屁
信仰決勝正負兩度
宅宿雲端的即時推特
大國大戶短訊備武
蓋亞媽媽受夠了電波
那沒有介質的超級怪物
來不及繆思霍爾斯特重譜組曲
永誌藍色星球的最初
管束亂彈的干涉
以及舉凡宣稱全球化的幌子

新玩具

來玩來玩，一加一不等於三
一加一等於零才是科技運算
胚胎製造在雲端
複製分身可顯可隱
男男女女排列組合決定於機率或者基因
幸福感向來不是必備條件
植入忠誠早成怪談
玩具也要訴求災難
你玩你的變形金剛拯救地球的明天
我玩我的老人太極挪移童年記憶片段

【帖二】
解憂鬱

失眠

索性以自己為餌
甩竿
拋投
我僅欲釣一尾小小的
恬夢

然而浮標盪而未動
輾轉之塘竟漫成海洋

（《吹鼓吹詩論壇・領土浮出》，2006年3月；

《小詩星河》，2007年1月。）

聖戰PSP-2009

一隻鞋子在故事裡等待，作者已死
本該飛出九一一頁的鴿子未啣欖枝回來
詩流成河，迦南地堆疊屍塊
集體勃起槍桿與歷史造愛，
有炮火射精，竄出天使的腦袋，
如果還來不及受精，火箭彈終年囊備
一切沒有白費，信仰的遊戲不准輸局
頭巾底下被搗口的恐懼可以略而不提
小兵游擊應許之地，聖戰PSP-2009 最新發行
獸行世界，噬血才夠勁。

（2009年3月6日《聯合報》副刊隱題藏頭詩優勝。）

惡水之上

惡水之向東，躺著一座青山
從桃源崩落地獄谷中

惡水之向南，站著一位美嬌娘
偕郎登上新婦的彼涯岸

惡水之向西，擁擁挨挨或漂流的鵝鴨雞
魚蝦翻肚或返回大洋底

惡水之向北，腐爛成泥的蔬菜瓜果
攔不住老農的腿

惡水之央，我心即將滅頂
冰的淚來不及被風乾
仰天悲嘆
惡水之殤

（《吹鼓吹詩論壇・領土浮出》，2006年3月。）

垃圾男

你丟我撿
你丟爛鐵破銅，我撿財寶金銀
你丟得浮華夢幻，我撿得口袋嘟噹

你蒐集世界風光
我只愛月色塗滿一口天井
你飲醇酒
我喝清晨的露涼
你享受美食
我啃過夜的饅頭香

你安排整年的忙碌
我用一輩子來修行
以後咱們約在哪兒碰面
聊聊苦辣酸甜
在雲上或者森羅殿

醒著

山，真正醒著
所以絢爛了彩虹
水，真正醒著
所以含蓄了六月荷
雲和風也真正醒著
所以陽光必須暖烘烘

我，也想
真正醒著
自從你的音信被鴿子叼走
投遞給錯誤的
據說也是溫柔的小手

Another Bell Jar
——to Sylvia Plath

鐘瓶依然蓄養一枝玫瑰
準備連同出賣靈魂和嬌媚
附上一紙撕不毀的誓約
以詩註記
不明原因自裂毋須理賠
遭受外力撞毀也不必施捨眼淚
可以另索新蕊

這等便宜的買賣
覦覬的
仍是路過的狐狸
方才吞了一顆生鮮的愛洛思（Eros）
來不及擦拭尖牙地努嘴
無論如何要吟出
字紙簍裡
遍尋不著的
Fidelity

Babel Island

關於顏色
除了虹
我們見慣黑白之間的朦朧

關於芬芳
除了蟲
自由散發的比例我們最懂

我們徜徉一片花田
聽雨嗅風
測日觀星
沐浴四時
歌頌花容

我們用生命灌溉土壤
方圓無邊
粒塵皆同

關於傷心
除非惡水
誰的故意必須指控

關於祈福
除非自己
誰的合掌能使天地感動

我們久困巴別
東評西議
南猜北疑

我們眾聲喧譁
連愛也需要翻譯

（《吹鼓吹詩論壇十號》【小人物詩】，2010年3月。）

達爾文之火

那朵曖昧
真的好美
盛開在黑白之間的懸崖
勝過
實驗室的嬌蕊

愛上了就對
賀爾蒙超越一切
兩隻蛾驗明魅惑的氣味
撲向達爾文之火
在顯微鏡下交尾

上課
——悼川震瓦礫下的小身軀

我們正在上課
是的，連魂也坐定
咱後頭呼呼有隻紙鳶兒飛過
肯定是吆喝放學後到城裡大町走走

我能去嘜
爹要說我書白讀了
娘要說我糧白嗑了
唉喲 ，可不就圖一個青春快活
天要塌下來
他們該頂著

風兒放哨
就快響鈴了
咱要！咱決定去偷一個自由午后
再待一會兒
我們正在上課

屍塊

你肢解大樹猶如肢解風
以為夏日熏熏再也喚不醒毛細孔

你肢解草枝猶如肢解山
以為蟲蟻蠕蠕再也搬不動千里塚

你肢解墓碑猶如肢解歷史
以為石頭粉碎再也憶不起美人眸

你肢解文字猶如肢解信仰
以為哼唧囈語
再也讀不成桃源夢

屍塊豈止壘壘
甚至你肢解他者猶如肢解自身
以為掩鼻偷香
再也嗅不出血腥紅

她自己的房間

一九九是寬
恰好塞進一個床板
訂做的
不必考慮男人表演特技的虛榮
小女子只剩下一副傲骨
再也不容許夢遺把花名摻入高潮時的哮喘
再也不容許被窩殘留陌生的誘惑的體香
不再聽那些瞎扯說車廂內擁擠來某個女郎
偏偏她還跟你同進同進甚至上班只隔著一扇門
你詭論她極可能是某人的新歡
你嗟怨緋聞是別人的家常便飯
你譏笑自己命薄相窮
只配有個糟糠

長是二九九
夠放一個矮櫃和一個小衣櫥開了雙門
否則寒傖了房
那空間容易霉出辛酸

衣櫥當然沒有別的可放
你的味道幸好沒卡在纖弱的針織衣衫
否則丟掉的物件已經很多了
情愛緣份和小宇宙的星塵
連歲月都要踩腳質問怎麼沒將甘苦存檔
唉
甜蜜也都發臭了
哪裡需要大容量的外接硬碟呢
一個拇指大的記憶體都嫌多了回音

總之衣櫥啊
做好心理準備可以隨時再搬
那麼冬衣堆在左側夏服疊在右邊
沒有多餘空間預留給百貨公司週年慶的瘋狂
畢竟小女子擅長自律自持
哪裡需要什麼錢生錢的概念
直到你所謂的夢想撕裂誓言

這僅僅只開一扇窗的陽光
照不見未來明亮
也或者一個人的體溫無法點燃慾望
然而對自由而言是相當寬敞

起碼噩夢少了釀缸
醋罈子也沒得藏

臥室的純粹需要
躺他一整個闃靜加黑暗
不需要夜燈
施恩給蟑螂
怕夜起跟蹌踩爛猥瑣的肚腸

不大不小的宇宙
這麼的長乘寬等於一個謊言被戳破之後
心痛碎片散落的方圓
自己的房間哪
哪裡料到幾近二十年才總算得以丈量
它不大不小
原來此時騰出的寂寞最是恰好填滿

新犁

春色只入簾幔，以外一片荒漠
日晷懶去計較影子下落
凝睇郎君上馬，踢蹬煙塵驚夢
妝彩烙成一張美麗的面具相送
上上籤那時論斷百年好合，此別呵
翠碧迤邐天涯，獨缺新婦溫柔
樓閣拋滿寂寞，燈油長夜不涸

悔也無妨然而何必說，貞節不需要斥候
叫戰夜梟的態勢偏如烽火，夢境鏖戰幾時休
夫的身影無數搏鬥，誰也不願棄械或者言和
婿面迎曦寄望新局，插立一面定風旗然後他又走了
覓踏故鄉田疇的小腳不懂得頓踝，照舊幹起活兒
封住犁口的泥巴濕了又乾，寄望來年的青禾
侯門總不理春風又扣又扣，深院窸窸窣窣逕自堆愁

祈福

和尚來了（合掌）
山伏咒，綠色的樹林活過來

和尚來了（合掌）
河聽令，清澈的流水活過來

黑臉的紅面的降龍的擒虎的
踩火的駕雲的大車子的小車的
八方的五路的
眾神全部
閃開

聽聞和尚來了（合掌）
嗚喧嗚喧
草芥棄命
人言棄信
夢中樂園還在

The Wealth of Nation

老爺爺的鋤交到老爸爸手裡
老爸爸添了耙
一併又交給兒子
由他去放著生鏽或者抹油潤滑
若他學會看雲聽風嗅雨
懂得幾畝地數幾斗米
計算幾斗米能養幾口人勞動
有餘
囤給來年的新婦
讓她煮粥餵食黃口
省得那擾眠嚶嚶
搶早了報晨雞啼

老奶奶用布包藏的一對鐲子
戴到老媽媽腕上
等過了小兒的婚禮
分給左右廂的主婦收起

做為傳家記憶
爐灶可以另起
各添柴火
看人作息
庭院可以各立藩籬
就是別忘了共裁夕陽
刈草
布置一塊福地

等族田一片一片的連
等寶山一座一座的翻
家業立百代
後嗣千萬人

老天爺喲
最好你袖手旁觀
隨那偷懶的人慣悠
而那勤奮的耨土
從早到晚

（《吹鼓吹詩論壇十二號》，2011年3月。）

八百伯虎

搜秋香幻想伊

客製化的完美軀體沒有所謂保鮮期

只要供給嗯嗯哎哎高潮的喘息

棒的是她沒有挑剔口臭或體味

或者體位不夠高級

棒的是她不會搶著討論柴米油鹽或者國際大局

一手遙控自己的快感

用著另一種語法詮釋反覆與差異

解剖大腦空乏之千篇一律

（《吹鼓吹詩論壇十一號》，2010年9月。）

Clone Being

歡迎光臨，你在這裡也不在這裡
吸入歷史灰塵等同呼出未來科技
其結構超越奈米
其規模跨國跨島跨洲飛向銀河星際
來吧來吧
啜飲一杯Starducks便能解開所有的謎
哪裡可去哪裡不去
只消拉近一張Doodle Map
窺看不分公私領域
存在已經啟動複製程序

（《吹鼓吹詩論壇十二號》，2011年3月。）

早說

霧不是早說了
過了這個彎還有那個長
不管你進山裡做啥
路，眼前只能走一段

查拉圖斯特拉不是早說了
你的耳朵沒有我的嘴巴
不管人間或者天涯
話，永遠禁錮於巴別塔

詩藥方

【帖三】
緩躁急

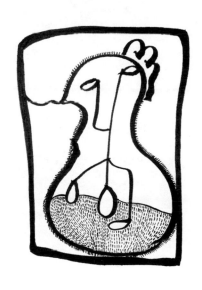

詩生活

我的錶
只有四個刻度

　　　　　睡

思　　　　　想

　　　醒

其餘
點點點點點點點點
詩生
活

造窯

乃捕高爐之飛星
鼓頰
吹燃
泥灶毫光

我烤著
我等待著
甘薯之香

（《吹鼓吹詩論壇四號》，2007年2月。）

藏東西

我最會藏東西
藏東藏西的

藏起尪仔標
不給那個掛著兩行鼻涕
髒兮兮的白豬仔贏去

藏起七彩彈珠
不給弟弟拿去送給他的隔壁
那個綁著兩條辮子的小女生

藏起考試第一名得來的鉛筆
不給妹妹寫漂亮的字

藏起男孩在公車站牌底下遞過來
飄著香味兒的信
不給媽媽干預我的青春期

藏起一本本翻天覆地
與我無關的羅曼史
不給教官處罰我的叛逆

我藏了好多東西
我真的藏了好多東西

直到
不知道從哪一天起
我也藏了自己

（《吹鼓吹詩論壇・新詩應用大補帖》，2006年10月。）

一個剛走出美容院的女子

剪去煩惱絲
風來按摩僵硬的頸子
更囂張地在她肩上跳起踢踏舞

忘
忘
左肩踢出愛不得
右肩踏出離別苦

她頂著貴婦的夏日樣式
她嫌惡大太陽底下過分清晰的事事物物
她扭腰擺臀宣示不在乎

汪
汪
腳邊的瑪爾濟斯洩露她的孤獨

全壘打

觸身球之後兩好三壞樂透開獎
一壘美眉放電伏特萬千
二壘捷豹的吼聲號令百籟不響
三壘浮士德離壘有惡魔護航

投球機器已經設定路徑沒有蚊子蒼蠅
棒子打出林沖夜奔山寨梁山
只剩鼓掌的觀眾不看輸贏
計較英雄沒得替換

（《吹鼓吹詩論壇十一號》，2010年9月。）

Avatar

啥換啥
老婆、情人還是一碗剚不完
芒果削皮神話
換血之後應該寡欲清心了吧
小頭垂統天下
大腦仍舊裝載腐渣
榨呀榨
噴它個青春之泉

來一堂饒舌

報告你說凌晨還在溢吐腦汁
渲染三頁理論反胃兩刻鐘
寫詞的不孵豆芽只管繞成迷宮
唭——唭，最好裝懂
浪吟長短黑夜拼上白晝
詩性觸控介面這年頭火紅
那些韻文和結構的事兒少碰
唭——唭，還好不懂

（《吹鼓吹詩論壇十一號》，2010年9月。）

床板的故事

一百八十公分的床板

鋪了性

它興浪

覆上愛

它給娃兒夜哭的溫暖

多罩一層貞節

它固執家的定義

賞給寶釧

讓她忍冬將歲月承擔

多搭一個篷

空間恰恰足以容納那副追逐

青春蜷縮的枯乾

最後灑上雨露塵土

任由萬菌噬吞

Casiotopia

天堂的前一站就是這兒
預習沒有工作
複習最後的五光十色

這個那個
選擇魚乾或銅臭
選擇竹筏或吃油的白天鵝
擇沙漠開花或者角子老虎吐寂寞

岩柱面臨火山爆發的前一刻
依然不說破
歷史打算怎麼
記述賭徒的蠢動

阿彌陀佛
神來一票
投給冰寒的東北風不要走

炸月

嫦娥沒得退

兔兒軟了腿

廣寒中箭

不死應有罪

郎哪

汹漠藏水何為

貴地瀝澇頻數

怎的洗不出澈悟

那滄桑之變豈因大洪水

君不見冰山漂移

白熊初懂

失眠滋味

雨刷

晴天刷塵
給你亮晃晃的陽光
不會錯認慾望
你卻把玻璃的青春鎖進老皮箱打算逃逸
還輾過舊瓦片
說他活該淡了彩釉
死心才算聰明

雨天刷酸
因你從天外潑來會銷蝕心疼的殘忍
看看添加了皂鹼的水
能否中和懷疑
洗出信任
否則用九十五度的酒精試試
但要小心車體過熱
點火自焚

東施改名

美人攬鏡
盈眸漾柔
山眉藏宇宙
朱唇讀書策

東施笑摹
睜獰眼鬥
橫眉揚亂帚
嘖嘖齒叼肉

呵呵呵
市街鬧狎風翻鍋
呼呼呼
東施氣急捧心揉

恨咻咻
一張面皮值什麼
噯喲喲
東施燒怒煮計謀

嘻嘻嘻
粟米八斗換絲綢
呵呵呵
東施解惑樂自得

伊咧嘴放言沾喜色：
從今爾後
小娘子改名
亦稱西施，我。

喫相
——兼記2009年7月22日，日食。

風喫日，海邊吹大扇
集電的噪音吵死羊

花喫日，葵田埋油管
汽缸搶走炒鍋的爆香

雪喫日，白熊冰原變浮船
游泳的高手也滅頂

月喫日，晝夜交換六分半
三星連線說準了世紀預言

車喫日
城市蟑螂街頭散逛
吐出陰霾倒指責驕陽不賞光

水喫日
沐浴心靈的徬徨
恆河的聖水卻洗不淨恐慌

馬喫日
無土鋪路抵達四方
懸浮天地的車廂載送夢想

龍喫日
轟炸山峰挖洞掘隧
打斷生脈以運輸繁榮之名

眾生如斯
馬雅神殿滾出頭顱落入神學士的聖土
冰存華爾街的馬多夫菌株開始吐絲
印度貧民窟繼續短少幾管炊煙柱
世界依舊又歌又舞又歡呼

小村民

我們住得不遠
太忙的
大概沒能來上一趟

我們住得不近
太懶的
應該不想跑上一趟

可我們已經在這兒
住上幾個世代
孩子離家返家
老人慢慢欣賞夕陽
新婦來了
就給炊煙添上焦飯香

陌生人往往不出一個樣
踩踩踏踏
吃吃喝喝
走了走了
拍下以為最漂亮的景框
張貼部落格上

而我們這些小村民
每天跟著太陽起床
每天聽著蟲鳴就寢
沒什麼偉大的夢想
只要
只要
一直住在我們的小村莊

Collection

貼紙換公仔以為收服世故
往淺淺的童心裡栽天真
可那赤腳的自由買不回來

小白球換芭比勇敢犒賞戀愛
往暗暗的地窖裡藏情欲
可那堅貞的誓言釀不出來

還有什麼行情看漲
政客的眼淚，法官的公堂，白袍的悲憫

棄兒等待一如而貓狗繼續流浪
所以廣告看板才能大聲嚷嚷
道德排放量
打薄臭氧

失靠

我靠山潑濃淡的黑白，偽隱士僅剩一點說不上的寂寞
我靠水調深淺的自由，真蛙腿只能踢出鯊嘴沒得講和
我靠天窺遠近的宇宙，野史記隨意拼貼唯忠實描繪夜叉面色
我靠地踩響落葉窸窣，逼出意識厲鬼現行蹤
靠爸爸我變身粉紅小豬，吸納青春資本
靠媽媽我吸夠了奶水，吐他個煙瘴焦土
不如烤烤詩煨煨冬眠脂肪煎煎夢想恰好六分熟
不如烤烤筆啃啃老牙氣力剔剔牙縫吹噓薄荷香送

（《吹鼓吹詩論壇十二號》，2011年3月。）

迷走青春

之一，凸

青春

逗

留

徐娘額尖發想

總想不出逆時公式

阻止一顆蘋果熟紅

之二，凹

事業

陷

入

兩峰之間路轉

美人呼吸一口海闊天空

卸下盔甲不學木蘭

失約

本來和書本有約
可是太陽那麼美風那麼美
蝴蝶也那麼飛
我便騎著單車追
追那麼自由的快樂喲
丟了功課一堆
不記得路上遇見誰誰誰
只惦著爹要我早歸
只想著娘的蘿蔔乾炒蛋甜甜鹹鹹軟軟脆脆

詩藥方

詩，藥方
通血脈
解憂鬱
緩躁急
清淤積
有疾則治
無病固體

一日可多服
不需醫師處方
或有輕微副作用
兩眼偶見翻浪
偶又無波無漪

詩藥方

【帖四】
清淤積

畫押

墨已從硯裡
磨出石的底細
若他披髮跪天
若他垂眉為筆
紙上滲透
乃斑斑污黑血跡

然而他踢缸濺墨
噴染明鏡
然而他呼天搶地
掄起一場鬧局
未知銬鐐
已烙無形
唯墮阿鼻地獄

（《吹鼓吹詩論壇四號》，2007年2月。）

醬菜

我要醃一種
亙古翠玉
靜靜躺在時光清流裡
足供驚嘆和瞻仰的雅姿
引來草莽小蟲
垂涎千百萬年覬覦

總之那混濁到底的醬缸
只適合留給行將發爛
萎靡的綠

（《吹鼓吹詩論壇五號》，2007年9月。）

第三把鑰匙的故事

忘了我媽幾時給我一把
兒童樂園的金鑰匙
愛怎麼玩能怎麼耍
她說：只要你把功課寫完
在我的高跟鞋踏進門那一剎

結果我被誑了
那種金鑰匙誰都有一把
我們班的大智大勇小眼睛小嘴巴
據說還有隔壁班的甲乙丙丁一掛兒
而且聽說大家的樂園都一樣
是安了媽媽的心的放羊圈
是安了爸爸的心的黃毛團

於是我們被塑造
一群快樂吃草的小羔羊
一群只懂得在書上指認大野狼

（你八成要問：那麼第二把鑰匙呢？）
故事繼續說便到了後來
我媽從垃圾堆撿來的娃娃在忽然間長大
那傢伙嫉妒我的金鑰匙叮鈴鐺噹
我媽果然又慷慨地給了一把
那傢伙以為只要穿越一道「任意門」
彼處就是獨一無二的兒童樂園
（天曉得哪有什麼地方叫「任天堂」！）

（所以第三把鑰匙的故事呢，你當然又問了）
就是後來的後來呀（時間好像被歷史挪移）
也不知道誰負責編劇（空間漂浮在隨手錯置）
達爾文從墳墓裡跳出來抗議
說什麼小人類別把大宇宙的演化搞砸
孟德爾也拿著他的豌豆怒吼
說什麼去看看那些草草花花
大自然正喃喃一種不被理解的語言
（當然我是聽不懂啦）
生命的本質不能被驚悚小說化
生命的姿態起碼應該被敘述成優雅

（我很懷疑你聽懂了嗎）
總之有人把第三把鑰匙捧了上來
那九九九九的獻禮金光閃閃
那誘惑被吹灌得跟氣球一般大

是誰是誰
是誰想把第三把鑰匙帶回家
（果然鑰匙耍起一種催眠的魔法）
是誰是誰
是誰想把第三把鑰匙帶回家

（然後你猜怎麼著？）
我媽敲了敲腦門
她呸了一灘水
她又啐了一坨痰
我媽她又使勁兒拍拍肚皮
她說：你媽媽的，還能撐嗎！

（《吹鼓吹詩論壇五號》，2007年9月。）

扮小鬼

他們叫我扮小鬼
於是我開始練習磨牙
嚼啊嚼
順便嚼掉比檳榔還硬的
不管是圓的還是扁的
該當何罪

他們叫我努力扮小鬼
所以我給自己配了一張血盆尖嘴
咿啊呀，咿啊呀
萬一我當不成酒鬼爸爸的保鑣
起碼嚇嚇檳榔西施姊姊
嘿嘿嘿

（《吹鼓吹詩論壇五號》，2007年9月。）

臭豆腐老頭

豆腐不臭
是等待的臉發餿
我的手腳可是和從前一樣俐落

捏鼻子來讚美吧
別傻傻地想拿眼睛撈油鍋

它不是你的
它就不是你的
先去找到座位再說

隨便你心裡嘀咕
明明就是老頭幾十年的脾氣最臭

（《吹鼓吹詩論壇五號》，2007年9月。）

Penal System

罰愛
狠不懲
只一讖
提早結束的青春
恨
十三經裡翻不到
什麼綱常來註疏文明

（《吹鼓吹詩論壇十一號》，2010年9月。）

姑娘的清明

清明時節，淚紛紛，天憐。

路上，姑娘欲斷魂，怎曉得，失了身分。

借問，本家何處去，可奈何，咫尺無路。

牧童遙指，無有村，地殃。

Yes We March

Macrh! Macrh!

To the victory!

我們士氣高昂我們兵強馬悍

瞧我們的鍬瞧我們的鏟

挖了坑坑洞洞

搬了泥泥塊塊

我們蹲在路邊吃便當

老大回去吃大餐

Macrh! Macrh!

To the glory!

我們士氣高昂我們無悔無怨

瞧我們的野餐車瞧我們的防水靴

搶通孤村棄鄉

巡防弱水殘山

我們守在營區伴倉皇

老大回去試水床

公開病歷

我只是有輕度的痴心
妄想烏托邦
被白鴿啣來
豈料尖喙在空中爭食
唾液漫飛
墜入我蟄居的人海
突變為禽獸流感
一個城市噴沫射涎
發燒、肌肉疼痛、咳嗽和喉嚨痛
乃至高燒、肺炎、呼吸衰竭、多種器官衰竭
而抑流感尚未研發出來

於是什麼科的醫師公開
我的病例指責
然後寫下一紙處方簽
撲殺帶原者
是寬容的大愛

海地

海中無地，方舟浮沉
混沌裡沒得計較古今

海中有地，生靈植根
蒼翠中
只想寄命方寸

海與地爭
歷史定論
地與海搶
螻蟻聚屯

噫，喪鐘唱詩
鴿引亡魂
噫，四時唯變
天地無情

瘤

準備中。
浣洗腸轉剩餘的固執廢物
只消換上矇裝的勇氣蔽體
等待幾近凌虐
良人終究沒來
烏鴉預言說中
末日已臨
剮刑在即

手術中。
劃開皮肉
病灶是一個懷疑養大的腫瘤，切除
不能縱容偷食回春黑藥
卻說歲月不必加工
暗裡狎玩青春胴體
是以下刀唯有精準
手不顫，心不憫

恢復中。
麻醉漸褪
呼吸失憶的空白悲戚
沒法著力回擊
連捶胸的拳頭都握不緊
何況冤家已經藏匿
所幸止痛劑已經摻入點滴
感覺暫時癱瘓
聽任傷瘀佔據每一條血管
暫時死去

住院證明。
一紙冷漠的專業名詞直陳事實
愛瘤難留
唯有割捨
時間不准袖手旁觀
只准舐血幾個夜晚
等淚水自動收乾
再也不許複製悲情

渡

人間日暖奈何九陽已吞
達摩無偈可參
嘆蘆葦難承眾生
觀壁悟四行
愛憎情慾，去去無念
青蛙王子踞蛇背，馳援森巴女郎
奧羅拉為提托諾斯求不死的青春
永恆本是雪花
豈怪權力贏不了天真
百姓所繫，菽粟犁明

Where the Wild Things Are

這裡難道不是Formosa
光坐在海角
半晌或者一輩子都能愛上她
海浪是她的歌聲
時而溫柔時而激昂
傷心藏進快樂，悲憫織入天真
還有一種自信的優雅
讚美珍珠，並容惡鯊

這裡難道不應該是Formosa
坐上船尋她
單身或者九族都來拋根臥榻
土地是她的風華
可以依山可以傍水
侏儒不懼巨人，巫婆不被誅殺
還有一部不朽的傳說
讚美英雄，並容喧嘩

三字經

人之氣，胸內淤
吐廢渣，毒死雲
鹽粒山，壓螻蟻
過橋鰻，欺蝦魚
狠老矣，忘把戲
娃娃急，吠牆影
風過隙，吟偈語
本無物，空天地

（《吹鼓吹詩論壇十二號》，2011年3月。）

不加糖

鞋和傘都修補的老人
晴或雨都坐在那一處
工具攤在腳邊
忙碌丟向馬路
任來來往往的人車
撥開晨間塵霧

經過的誰有打算佇足
留下晴天斷了跟的鞋
還是留下雨傘已經折了骨
或者
傳送一聲招呼
裡面的感情濃度和昨日一樣
不加糖
奶精未附

回家

十八歲與十二歲的她
想拉著四十五歲的她回家

十八的她開始數落初老忘性
驕傲包著擔心
她皺眉說了話：
連個記帳的本事都還沒學會啊
（責備不輕不重，沒有意圖使人哭或笑成淚花）

十二歲的她因為剪醜了一頂頭髮
半夜演奏哭泣貝多芬
咿咿哇哇
提醒人生是該任性
中午睡到自然醒的她然後傳了一則簡訊：
抱歉昨夜貓吼青春全因賀爾蒙
（反骨嘛，骨子裡就沒有溫馴的細胞）

四十五歲的她沒為什麼
每日灌下兩杯咖啡
打算醒著一個永遠

夜裡當然不能睡
左翻是牆右翻是圍
遊戲已經慣適
不計輸贏
只剩一顆腦袋執著迷宮的來回
沒人陪玩了
撿起路線拍拍鼻尖灰塵
揣想再昏一次如何
（這遊戲沒有輸贏，玩過了也罷）

十八歲與十二歲的她
於是拉著四十五歲的她回家
家裡古稀的她相迎
四個她都沒說話
（彼此卻在心裡聽見：回來就好，回來就好。）

扮夫人

我非珠光寶氣不老姬
風梳髮
陽光打粉底
見識畫眼影
描唇用好言
噴香用和氣
深怕華服新裁將我鎖鏡裡
幸好，自由是我的基因

（《吹鼓吹詩論壇十二號》，2011年3月。）

本人

畢業紀念冊裡的大頭乃本人

青春

反骨沒有疏鬆

為新婦為妻為母乃本人

失聲

隱匿行列五百字一張一張吐談

護照拼音乃本人

里程乘以時日等於素昧平生

臉書登入乃本人

密碼提醒設定忘生捨死之關

六呎之下乃本人

泥炭

生養桂枝以點點白蕊送香

詩人企業

看得見的是看不見的影子
而看不見的是一間工廠，跟別的沒有兩樣
主腦只想創世紀，生產線一千零一夜
總拼湊不出一個詩眼
最高守則：沒包尿片不准上工
風險評估：猝死一堆斷簡殘編別怪編輯心狠

白日放歌縱酒假裝是仙
撈月得月原來他生吞雞蛋
（提早保養以備詩集發表時嗓音動人）
預防爆肝他還買了綜合維他命添加葉黃素預防視網膜病變
夢中變大變小：自動魔境加班
研究顯示：果然舒活族的筋骨最有彈性
若將欲望與匱乏一併摻和瘦肉精
謹記出關前念經褪退俗願
（據稱半年前大量喝墨即可噴灑一灘尚可辨析的十四行）

聯絡事項一則

親愛的傑克鬼船長
你該聽說
咱每天上課上到天昏地暗
咱補習班的老師喇舌演不完
咱模擬考規定只能排在放假天
咱這兒法官召妓說是為了生個小兒郎
嘿，那些每日一劇真的活化了咱的語文
那些道理和邏輯一定也能幫咱的寫作測驗拿高分
可大人真是來亂的
好不好咱跟你去當海盜遊大洋

（《吹鼓吹詩論壇十二號》，2011年3月。）

幸福指數

用兩顆蘋果填滿欲望
慶幸少宰了兩隻羔羊
在野薑花香裡瑜珈軀體
呼吸雜亂
詭辯青春無恙只是降了水平

幸福重新打樣
版式不同
赤足卻再也走不回昔日的田埂
不讓卡門掛牌女人的一生
是該感謝福樓拜翻滾出一個包法利夫人

龜速兩百

兩百字用刻的
若要墓銘人生
該敘述哪一段菁華

一百分烤一個嬌妻
親熱未達
兩百分拷一個媽媽，殘念

一首詩沒有野心
兩百行寫一個謬思可以吧
無奈花了青絲
依舊遺失青春

一場夢醒成一個童話
睡眠深度兩百最佳
慢慢爬，烏龜
找對了故事而且變成英雄

【帖五】
有疾則治

囚（台語詩）——眾生姿態，口內活動，往來。

行棋

涼亭腳
戰輸贏
鳥隻飛過無看影
無人聽見
風唱歌

扯鈴

一條繩仔
揪雙頭
這頭落鉤
彼頭纏死
一叢草

野柳

風無出力
葉自離
亂絲疏疏
改名換姓
叫凋枝

太極

手畫宇宙
腳踏地
一套圓滿
左右轉跎
逼人氣

水池

有窟飼魚
無流水
寄望雨來
震動生命
吐氣絲

愛犬

獨身無伴
四季寒
小犬做夥
吠走偷喫青春的
孤單味

老人國

樹身借影
輪椅定
老眼無神
瑪麗未曉形容
花落聲

腳踏車

路中相閃
樹讓腳
排排偎偎
一群委屈異鄉歲月的
新婦仔

花草

厚薄無分
土抹粉
紅花綠葉
四季點描
假記持

公園

一區公園
百項虛
種得浮雲疏離
可憐人間欠土
無根生

【帖六】
無病固體

困（台語詩）──樹木的生命，口在，人的眼界。

柳

圓圓一面鏡
空空照無影
只有水邊一支傘
每日日頭垂垂
掩掩匿
遮面驚人指

細細一支腰
彎彎訴憂愁
本來幼秀垂絲柳
如今頭鬃短短
散蓬蓬
未輸瘋女
鐵鍊鎖了十八年

桂

統領小宇宙
可惜領土太薄
鬚根箍雙層
天地如瓶
枝葉若相攬

青春漸漸鬱
芳味也沉重
只有陪伴陽台內的衫褲
曝日來學輕鬆

櫻

毋免太熱情
阮慣適冰冷
吹雪

本來阮的故鄉
在寂寞的山邊
是伊愛慕阮的紅唇
被風抹得紅熾熾

毋免太熟識
阮喜愛孤獨
自在

本來阮的眼界
飛上山頂的洞內
是伊展出一幅曠闊的山水
騙阮徙入混沌來

流蘇

都市憔悴
灰撲撲的面模需要美白
阮只好迎合人意
吹起
一片雪花瀰漫

哪知大城自己滿身斑
阮的清香摻著油煙
阮的素面畫了鬼面

阮找無理由來掩蓋
只好怪伊黑頭車
四界噴煙
嗆嗆嗆

木棉

點火欲燒
欲燒滾一鼎思念

哪知火星點著頭鬃
一條火線
燒得滿街紅赤赤

將阮思念的目屎
燒臭涸
摔落生分的土腳

榕

正邊趨過去，學生囝仔百米
快的，怦怦喘
慢的，喘嘻嘻
落尾全部摔摔做一堆

左邊趨過來，學生囝仔滾耍笑
追的，兇霸霸
走的，笑瞇瞇
落尾全部攬攬做一堆

風佇邊仔看，阮佇邊仔看
風看了笑哈哈，將阮的嘴鬚揪得離離落落

害阮的心情也揪得離離落落
每日想欲走去天涯海角
偏偏硬繃繃的水泥將阮縛死死
腳根無處去

松與柏

嘿，彼頭的阿柏啊
身裁圓滾滾
一定是忘憂才會吃百二
風采勝過身邊的石獅

你看伊，你看伊
面肉碇碇掛恨氣

喲，彼頭的阿松啊
身軀細粒子
一定是愛笑才會枝骨輕
體態勝過身邊的電視機

你看伊，你看伊
面容獠牙橫變變

阿柏啊（阿松啊）
偏偏咱的生命鎖在遺落時間的空虛
咱的世界只有四、五坪
替咱活動
替咱曝日
也替咱淋雨吸空氣的
是一個無聲無說的少年瘋

你看伊，你看伊
面腔憂結結
不時吐大氣
你看伊，你看伊
只愛電腦內底的光爍爍
只有菸酒做伴侶
欠東欠西
欠咱昨日的生命水

桑

未曾紅
等未著烏金的色致
酸酸澀澀的幼翠也未透青
就被過路的貪心
用指甲做刀
鉸斷
甜蜜蜜的嚮往滋味

阮只好勸自己保持清醒
踦佇牆邊
不理世事
偏偏牆頭有貓仔唱嚶嚶
偏偏牆腳有狗仔攪攪纏
唉，誰人知
阮心內只愛野蠶
吐情絲

詩藥方

【帖七】
副作用

囡（台語詩）——女子有口，世界不時，徙位。

蟲

阿母笑阮親像蟲

踦也若蟲

身軀彎彎

坐也若蟲

糾糾做一丸

不時躺佇土腳

親像四腳的蜈蚣

三不五時唉兩聲

未輸壁面的時鐘

細聲哼

若狗蟻

講閒仔冊無夠吃

大聲哮

講腹內鬧空城

欲吞一間柑仔店

讀冊

阮阿母無讀冊
也未曉寫字
毋過一粒頭殼若像一本農民曆
記著祖公祖嬤的忌辰
以及眾神生日
每一副牲禮十色五花
舉香只唸好話求保庇

見笑是阮的頭殼
只認黑白是非
打算將一座記誌的倉庫裝入
外國話以及天文地理
無在意人情冷暖
以及身邊的霜雪風雨
管他每一度燒熱變化無常
出嘴就欲議論答答滴滴

橫直

人生好比一盤棋
正腳行直
左腳走橫

腦中畫山
心內湧海水
想欲贏
駕輪去

未記生死早登記
來世間這回啊
不如用趣味找智慧

霆雷

霆雷，驚死人
是啥人的聲喉
這啊大孔

霆雷，打醒人
是啥人的嬰仔
哮未停

霆雷啦，雨欲落
收衫的阿嬤
汝著緊腳步

霆雷啦，雨佇落
做田的阿伯笑呵呵
稻秧仔吃水
嘈嘈樂

仙丹

阿母偷藏一罐黑藥丸
聽講是仙丹予人身軀若少年
會吃會眠，煩惱走去匿
無痠無痛，筋骨若鐵枝

哪知回春還未過冬
伊的腳頭窩就浮浮腫腫
指頭若老蔥，未直也未得彎

原來仙丹會續嘴
未輸吃菸吃酒放未離
害人半邊關節壞壞去
兩隻腳手只好接了白鋼鐵

害阮阿母目屎滲滲滴
怨嘆天公伯無點醒
青春不老啊，全是騙人的把戲

風颱

原來風颱也有歹性地
一暝風吹，吹倒阮門前彼叢桂花
電視內底阿土伯的西瓜阿水嬸的蕃薯
以及鐵牛兄的菜頭
攏總翻落去溪仔底

毋過阮細漢時的風颱
總是溫柔來相找
伊送阮幼嫩的風拍筍，伊送阮大隻的田螺
伊替阮挽落來的龍眼
本來是掛佇樹仔尾

阮愛穿雨鞋去看伊變出一蕊一蕊的雨傘花
阮愛點起蠟燭看伊呼呼哈哈嘻弄跳舞的火
阮上愛招伊比賽看啥人會曉顧暝
贏過鐵籠仔內的啄龜雞

存在

天講，我為你存在
若無，白雲倒頭栽鳥隻會失主裁

地講，我為你存在
若無，青山沉大海花蕊會失舞台

月下的鳥影講
我敢是為著風存在
若無，飄搖的歌詩安怎唱未入
浪子的心肝
揪著伊的心肝滴目屎，綁著伊的腳步離不開

門邊的目睭講
我敢是為著明日存在
若無，稀微的光線安怎照未入
浪子的天涯
點醒伊的眠夢倒轉來，燒燙伊的嘴唇烙印愛

159

剩一粒燈火

阮的電話壞去
想欲講的話只好含佇喙舌

阿母喂
秋風冷霜霜的暗暝
你著加穿衫
毋好凍露水

阮的頭殼乎電腦佔去
想欲返去的腳徙未開

母呀喂
剩一粒燈火的暗暝冷吱吱
阮才會清醒
看見阮的思念
若窗外的黑暗罩著城市

在欉黃

故鄉寄來
童年的滋味
流入心肝
滲血水
一行是甜
膏膏的相思在欉黃
自彼時就掛佇田園邊
一行漕漕滴
酸微啊酸微

未得返去
阮將天涯收入行李
蹔了二十年
夢著舊唇罩滿蜘蛛絲
撥開
看見愛飛的翅股
傷痕累累

魔神仔

細漢時
阮看見魔神仔
匿佇甘蔗園
欲抓四界
賴賴逡的讀冊囝仔
等到日黃昏
鳥仔散群

大漢了後
魔神仔來守佇阮的樓腳
不時相招
欲去彼間免費予人
飲盡青春的
索多瑪
由在你做老大

有無

花蕊有香
日頭有紅
歲月的影跡無地藏
只好匿佇樹仔腳
揀一仙青春的身軀
扮演
管伊是誰的
喜怒哀樂一生緣

目屎有鹹
笑聲有響
孤單的靈魂無地閃
只好匿佇路燈腳
撿一仙流浪的身軀
拒絕
管伊是誰的
榮華富貴一世願

阿母的粽

阿母的粽
無包雜項
土豆大粒
月桃摻香

伊用氣力
以及青春
將伊的愛
纏著阮的童年
一直到這陣

致謝

　　緣來是這樣。

　　先寫散文，自言自語，又寫了小說，讓往昔與今日對談，後寫童詩與童話，再琢磨論文，分身交戰，顧此失彼，塞「姬」（另讀psyche）失馬，然而，透過文類試煉，主體乃現。

　　感謝三位「童友」（借用世仁兄之語）撥冗寫下紀念冊上的鼓勵與指教，世仁兄已是童話大家，年輕的哲璋創作豐富，皆是兒童文學創作標竿。鑽研兒童戲劇的鴻文總對志業侃侃而談，流露其認真與執著，我尤其愛讀他的散文。三位「童友」都是跨文類書寫的前輩，不吝賜文，銘感萬分。也謝謝十五歲的澤瑄為詩集繪圖，筆輕但有應感。

　　緣說來話長。

　　進入「吹鼓吹詩論壇」已過七載，「詩」相授受，雲端發「聲」，這詩集或可誌為「紀念冊」，在時光中，讀讀寫寫，攢存數量，挑剔篇章之時，略見搖筆當下怎樣輕躁的靈魂如何透墨暈出太多情感。感謝蘇紹連老師以及諸位詩友，這因緣，真是幸福的遇見。

　　緣好在變化，開展一種動態人生，偕時漸變。

　　　　　　　　　　　　　　　　　　　蘇善寫於百年初冬

蘇善的書寫進行式

1998年‧出版第一本散文集《童年地圖》，被歸類為「兒童文學作家」，實則尚未發表任何兒童文學作品。

2003年‧五月，台語詩〈含笑〉獲得「送花一首詩」徵詩活動之優選，作品首次登上副刊版面。

2003年‧十月，短篇小說〈腳踏的人生〉獲得第24屆耕莘文學獎小說佳作。

2003年‧十月，加入「吹鼓吹詩論壇」，厚顏自薦擔任「親情詩版」版主。

2004年‧四月，小說《阿樂拜師》獲得第十二屆九歌現代少兒文學獎推薦獎。

2004年‧十一月，短篇少年小說〈代班〉獲得台東大學兒童文學獎優選。

2005年‧七月，《阿樂拜師》榮獲第29屆金鼎獎兒童及少年圖書類出版獎最佳文學語文類圖書獎。

2006年‧六月，短篇少年小說〈我的朋友圖坦卡蒙〉獲得台東大學兒童文學獎入選。

2007年‧四月，《凹凸星球》獲得第十五屆九歌現代少兒文學獎榮譽獎。

2007年・四月，出版少兒小說《胡圖迷遊記》。

2008年・八月，童詩集〈公園繞一圈〉獲得第16屆南瀛文學獎兒童文學類佳作。

2009年・三月，〈聖戰PSP-2009〉獲得《聯合報副刊》「隱題藏頭詩」徵詩活動優勝。

2009年・四月，〈夜巡〉獲得《聯合報副刊》「標語詩歌」徵詩活動佳作。

2009年・八月，童詩集〈溪游記〉獲得第17屆南瀛文學獎兒童文學類優等。

2010年・九月，童話〈誰掉了一隻鞋〉獲得第13屆大墩文學獎童話類佳作。

2011年・二月，擔任「吹鼓吹詩論壇」新聞日誌詩版撰寫委員，詩句更少溫柔成分。

2011年・五月，出版少兒小說《攔截送子鳥》。

2011年・九月，登上《台灣詩學・吹鼓吹詩論壇》第13號「論壇詩人榜」。

2011年・十月，童話《誰掉了一隻鞋？》出版。

蘇善，搖搖筆桿兒，抒善，書善，文類不拘，靈感隨同生活醞釀，緩緩發酵，涓滴慢慢。

語言文學類　PG0682　吹鼓吹詩人叢書15

詩藥方

作　　者／蘇　善
主　　編／蘇紹連
責任編輯／黃姣潔
圖文排版／邱瀞誼
繪　　圖／夏澤瑄
封面設計／陳佩蓉

發 行 人／宋政坤
法律顧問／毛國樑　律師
印製出版／秀威資訊科技股份有限公司
　　　　　114台北市內湖區瑞光路76巷65號1樓
　　　　　電話：+886-2-2796-3638　傳真：+886-2-2796-1377
　　　　　http://www.showwe.com.tw
劃撥帳號／19563868　戶名：秀威資訊科技股份有限公司
　　　　　讀者服務信箱：service@showwe.com.tw
展售門市／國家書店（松江門市）
　　　　　104台北市中山區松江路209號1樓
　　　　　電話：+886-2-2518-0207　傳真：+886-2-2518-0778
網路訂購／秀威網路書店：http://www.bodbooks.com.tw
　　　　　國家網路書店：http://www.govbooks.com.tw
圖書經銷／紅螞蟻圖書有限公司
　　　　　114台北市內湖區舊宗路一段121巷28、32號4樓
　　　　　電話：+886-2-2795-3656　傳真：+886-2-2795-4100

2011年12月BOD一版
定價：200元

國家圖書館出版品預行編目

詩藥方 / 蘇善著. -- 一版. -- 臺北市：秀威資訊科技,
　2011. 12
　　　面； 公分. -- (語言文學類；PG0682)(吹鼓吹詩人
叢書；15)
　　BOD版
　　ISBN 978-986-221-876-1(平裝)

851.486　　　　　　　　　　　　　　100022667

讀者回函卡

感謝您購買本書，為提升服務品質，請填妥以下資料，將讀者回函卡直接寄回或傳真本公司，收到您的寶貴意見後，我們會收藏記錄及檢討，謝謝！如您需要了解本公司最新出版書目、購書優惠或企劃活動，歡迎您上網查詢或下載相關資料：http:// www.showwe.com.tw

您購買的書名：_____

出生日期：_____年_____月_____日

學歷：□高中 (含) 以下　　□大專　　□研究所 (含) 以上

職業：□製造業　□金融業　□資訊業　□軍警　□傳播業　□自由業
　　　□服務業　□公務員　□教職　　□學生　□家管　□其它_____

購書地點：□網路書店　□實體書店　□書展　□郵購　□贈閱　□其他

您從何得知本書的消息？

　□網路書店　□實體書店　□網路搜尋　□電子報　□書訊　□雜誌
　□傳播媒體　□親友推薦　□網站推薦　□部落格　□其他_____

您對本書的評價：（請填代號　1.非常滿意　2.滿意　3.尚可　4.再改進）

　封面設計____　版面編排____　內容____　文／譯筆____　價格____

讀完書後您覺得：

　□很有收穫　□有收穫　□收穫不多　□沒收穫

對我們的建議：_____

_____

_____

_____

11466
台北市內湖區瑞光路 76 巷 65 號 1 樓

秀威資訊科技股份有限公司　　　收

BOD 數位出版事業部

....

（請沿線對折寄回，謝謝！）

姓　　名：＿＿＿＿＿＿＿＿＿　年齡：＿＿＿＿　性別：□女　□男

郵遞區號：□□□□□

地　　址：＿＿＿＿＿＿＿＿＿＿＿＿＿＿＿＿＿＿＿＿

聯絡電話：(日)＿＿＿＿＿＿＿＿＿　(夜)＿＿＿＿＿＿＿＿＿

E-mail：＿＿＿＿＿＿＿＿＿＿＿＿＿＿＿＿＿＿＿＿